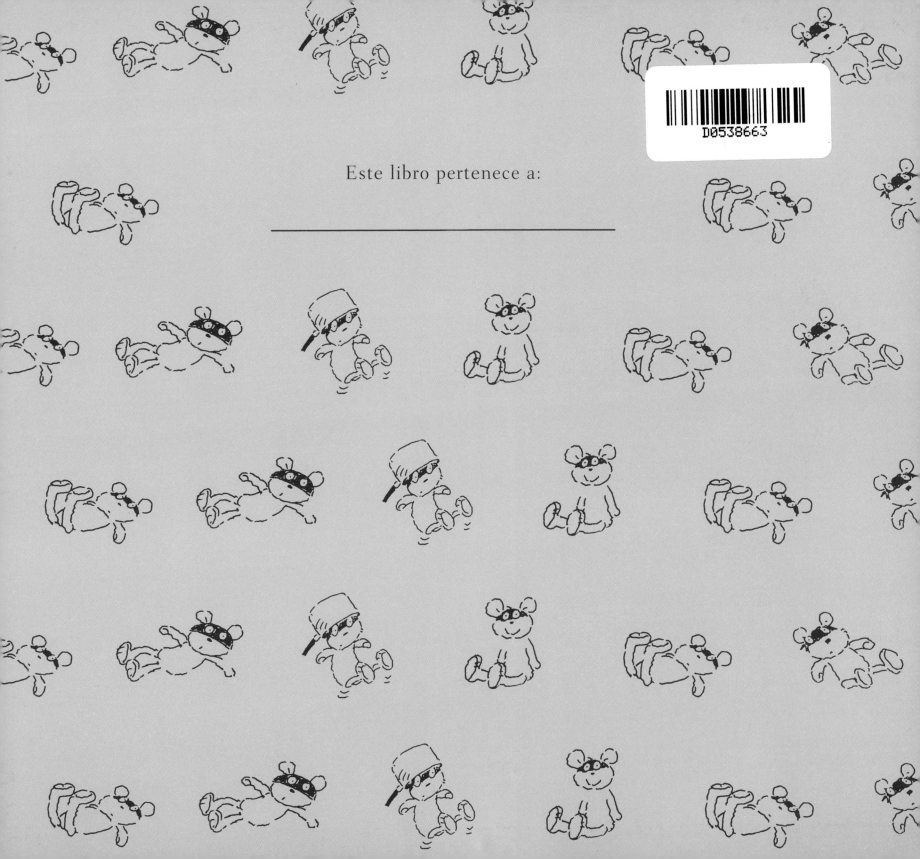

Este libro pertenece a:

_____

¿Tienen los superhéroes ositos de peluche?

WITHDRAWN

Textos: **Carmela LaVigna Coyle**   *Ilustraciones:* **Mike Gordon**

Picarona

Puedes consultar nuestro catálogo en www.picarona.net

¿TIENEN LOS SUPERHÉROES OSITOS DE PELUCHE?
Texto: *Carmela LaVigna Coyle*
Ilustraciones: *Mike Gordon*

1.ª edición: noviembre de 2017

Título original: *Do Super Heroes Have Teddy Bears?*

Traducción: *Joana Delgado*
Maquetación: *Isabel Estrada*
Corrección: *Sara Moreno*

© 2012, textos de Carmela LaVigna Coyle e ilustraciones de Mike Gordon
(Reservados todos los derechos)
Edición en español publicada por acuerdo
con el editor original Taylor Trade Publishing, Maryland, USA

© 2017, Ediciones Obelisco, S. L.
www.edicionesobelisco.com
(Reservados los derechos para la lengua española)

Edita: Picarona, sello infantil de Ediciones Obelisco, S. L.
Collita, 23-25. Pol. Ind. Molí de la Bastida
08191 Rubí - Barcelona - España
Tel. 93 309 85 25 - Fax 93 309 85 23
E-mail: picarona@picarona.net

ISBN: 978-84-9145-118-1
Depósito Legal: B-19.592-2017

Printed in China

Para mi hijo Nicky... ¡y para toda tu estupendidad!
—Clvc

¿Fabrican los superhéroes capas
con una sábana y una cuerda?

Podemos convertir una sabana vulgar
en algo que pueda volar.

¿Van los superhéroes con sus ositos a pasear?

Eso es algo que los superhéroes tendrían que meditar.

¿Son siempre los héroes valientes y juiciosos?

Somos valerosos y audaces, amables y generosos.

¿Se aburren cuando no tienen nada que hacer?

En esos momentos es cuando inventar es sorprender.

¿Saben hacer naves espaciales con cartones
y cinta adhesiva?

Sí, ¡sobre todo si queremos escapar de manera decisiva!

¿Llegan siempre a casa
sucios y cansados?

Te sorprendería ver
lo enfangados que llegamos.

¿Tienen los superhéroes que arreglar lo que han roto?

¿Aunque haya sido todo por culpa de un terremoto?

¿Se esconde un superhéroe
donde nadie le hallará?

Tiene un escondite secreto donde un cuento nuevo leerá.

¿Se acaban siempre los héroes
las zanahorias y los guisantes?

¡Abre la boquita, por favor, que va a aterrizar este avión!

¿Tiene un superhéroe que ayudar a fregar los platos?

A menos que aparezca un genio y nos traiga un lavaplatos. . .

¿Hay aún tiempo para arreglar
los líos del día?

Estoy seguro de que lo harás
con toda tu simpatía.

¿Tienen cosquillas los superhéroes de los pies a la cabeza?

Creo que sólo hay una manera de saberlo con certeza . . .

¿Tienen miedo cuando
se apaga la luz por la noche?

No, porque papá y mamá
los besan con gran derroche.

¿Héroes y superhéroes son lo mismo exactamente?

Quizás la diferencia sólo está en tu mente...

¡Sé tu propio **héroe**!

¡Dibuja aquí tu propio **héroe**!

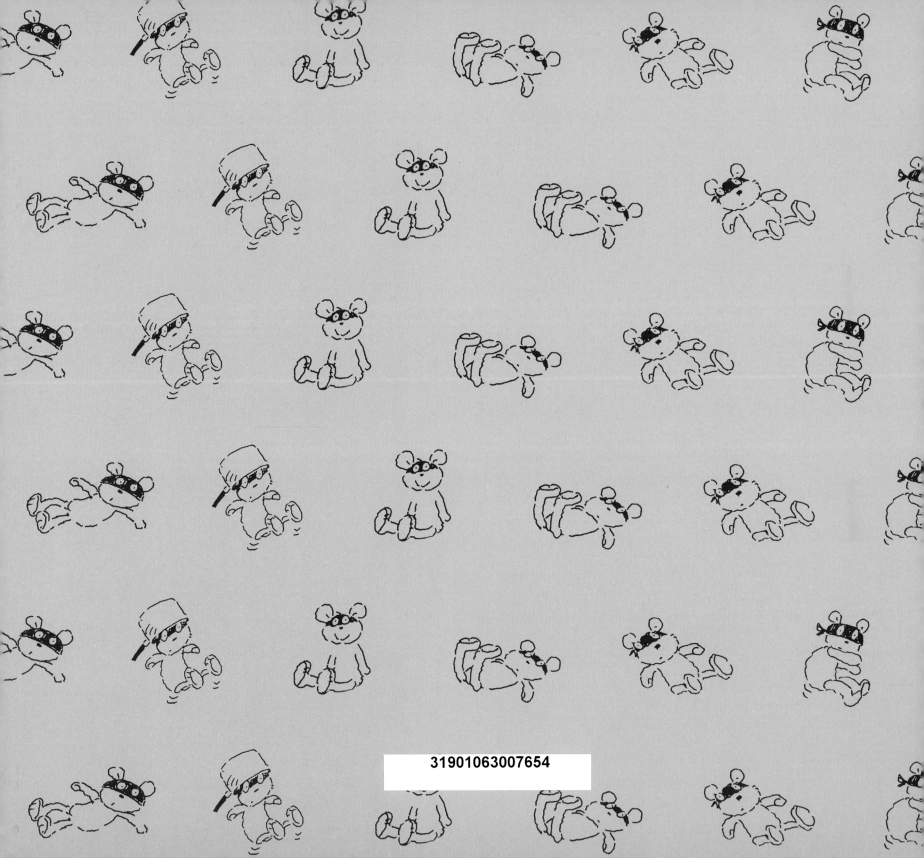